자유의 나무 한 그루

자유의 나무 한 그루

초판1쇄 찍은 날 | 2014년 9월 16일
초판1쇄 펴낸 날 | 2014년 9월 20일

엮은이 | 김남주기념사업회
펴낸이 | 송광룡
펴낸곳 | 문학들
등록 | 2005년 8월 24일 제2005 1-2호
주소 | 501-841 광주광역시 동구 천변우로 487(학동) 2층
전화 | 062-651-6968
팩스 | 062-651-9690
전자우편 | munhakdle@hanmail.net

ISBN 978-89-92680-87-5 03810

민족시인 김남주
20주기 추모시집

자유의 나무 한 그루

김남주기념사업회 엮음

문학들

차례

혀

고영서

헐레벌떡
아침을 밀고 가느라
뒤돌아볼 틈조차 없었나 보다
신발이 이끄는 대로 걷다가
아니다 싶을 땐
술에 취해
꼬이기도 여러 번

옷장 옆
꼭 다문 서랍장 사이로
어쩌자고 축! 늘어진
해진 양말 한 짝

고영서 2004년 〈광주매일신문〉 신춘문예로 등단. 시집 『기린 울음』.

영화 지슬

권혁소

제주도 말로
감자를 지슬이라 부른다는 것
처음 알았다

수많은 순덕이들이 누워
오름이 되고 올레가 되고 한라가 되었다는 것
또한 처음 알았다, 가슴으로

역사를 단죄하기 위해
역사는
언제나
증인 하나쯤
꼭 남긴다

권혁소 1984년 『시인』 등단. 1985년 〈강원일보〉 신춘문예 당선. 시집
『論介가 살아온다면』, 『과업』, 『아내의 수사법』 등이 있다.

새가 다녀갔다

김경윤

지척에 두고도
늘 멀고 높고 쓸쓸한 그 집
생각만 하다
바람 찬 이른 봄날
진달래 붉은 고개를 넘는다
옛 마을에 들어서자
납작 주저앉은 초가집 너머
적막을 쓰다듬는 손바닥 같은 대숲에
바람은 청송녹죽 청송녹죽 서슬이 푸르다
사람의 기척 없던 그 집
누가 다녀간 기미가 있어
이 방 저 방 기웃거린다
옥중에서 은박지에 새겼다는 육필시가
가슴에 핏빛으로 스민다
텅 빈 툇마루에 홀로 앉아
먹먹한 시간을 견디다
어둑한 사랑채 헛간문을 열자

누가 다녀간 기별인 듯
깃털 몇 개 떨어져 있다
세살문에 얼비친 눈부신 햇살
이 지상에서 가장 순결한 시인의 영혼인 듯
적막 속에서 파닥인다

김경윤 1957년 전남 해남 출생. 1989년 무크지 『민족현실과 문학운동』으로 작품 활동 시작. 시집 『아름다운 사람의 마을에서 살고 싶다』, 『신발의 행자』 등이 있다.

당신 피는

김경훈

빨간 잠바 입었다고
빨갱이라고
죽창에 목 찔려
죽었습니다

누런색 미군복
물들인 건데
당신 피는 빨갛지
파랗습니까

김경훈 1993년 『통일문학통일예술』로 등단. 시집 『한라산의 겨울』,
『우아한 막창』 등이 있다.

가시면류관

– 김남주 시인과 보낸 몇 시간

김광렬

딱 한 번 우연히 만났다
옛 창작과 비평 건물 주점에서였다
낮술을 하고 있었다
몸이 아프다고 했다
사슬을 푼 지 얼마 되지 않은 때였다
울분이 짐승처럼 포효하지는 않았다
아니, 물속 깊숙이
자신을 가라앉히고 있었다
수심 속으로 침잠하는 목소리가
물살에 떠밀리며
토막, 토막 신음으로 흘러나왔다
시인이자 전사戰士였던 그도
세월에 치일 대로 치여
빛이 들지 않는 모서리처럼 그늘졌다
역설적이게도 검은 손들이
보이지 않는 번쩍이는 가시면류관을
그의 머리 위에 씌워 주었다

김광렬 1988년 『창작과비평』으로 등단. 시집 『가을의 詩』, 『그리움에는 바퀴가 달려 있다』 등이 있다.

황토현 대숲에서

김규성

황토현에 해가 기운다
대숲의 죽순마다 하늘에 삿대질을 하고 있다
어머니는 죽순나물을 좋아하셨다
아무도 가꾸지 않아
저 망각의 밀림에 버려진 무기들은
비 오자마자 부드러울 때 잘라 냈어야 한다
그때 그이들은
후대의 우리만큼은
다시는 죽창 따위 들지 말고
죽순을 맛있게 먹으라고 목숨으로 이르셨다

김규성 2000년 『현대시학』으로 등단. 시집 『고맙다는 말을 못했다』.
산문집 『산들내 민들레』, 『봄』 등이 있다.

장마

김 근

너희들은 죽었다 우산도 없이 이상하게도
비를 맞고 철벅철벅 걸어가는 너희들은

날 어둡고 비 쏟아지고 빗소리 포악하고
몸에 들러붙어 잘 벗겨지지 않는 옷 속에서
너희들은 그만 죽고 죽어 새파랗게 웃고

맑은 날 숲으로 떠난 아이들이
산딸기에나 저희 손과 입을 붉게 더럽힐 때
그 붉음이 아이들을 길 잃게 할 줄은 영영 모를 때

걸어오지 말아라
팔 흐느적거리며 저는 다리로 뒤뚱거리며
나에게로 번개처럼은 천둥처럼은

한 번도 살아보지 못한 삶
한 번도 죽어보지 못한 죽음

뜨거운 살을 뚫고 김 오르고
인간도 짐승도 아닌 소리들
모락모락 피어나 흩어지는데
걸어오지 말아라
산 적도 죽은 적도 없는 나에게로는

미안하지만 너희들은 죽었다 살았다고 우기며
꾸역꾸역 내가 여기서 온종일 비를 맞아도

김 근 1973년 전북 고창 출생. 1998년 『문학동네』 신인상으로 등단.
시집으로 『뱀소년의 외출』, 『구름극장에서 만나요』, 『당신이 어두운
세수를 할 때』가 있다.

카프카의 서점

김명은

끝까지 왔다 한번 우회하면 끝까지 우회
지구를 한 바퀴 돌아온 바닷바람이
둥글게 세상의 끝과 끝을 이어 띠를 두른다

시가 무슨 힘이 될까 시집 코너는 뒤로 밀리고
시의 열망이나 혁명은 개뿔이나
개 혓바닥의 맹세나 개소리가 되었다
서가에 꽂혀 있는 시인은 줄어들지 않는다

어린 나의 시선은 산이반도 바다 건너 산 너머로만
향했다
눈빛이 먼저 젖은 사람들이 젖은 눈으로 사라졌다

곡기를 끊고 광화문 광장에 놓인 밥그릇들
밤을 새워 썩고 곪은 광장의 얼룩을 닦는 꽃잎과
노래
시가 아닌 것의 시가 되는 토끼풀꽃들이 스크럼을

짠다

　앞이 보이지 않는 시간이 문 닫은 서점을 돌아나온
다
　서점이 사라진 자리에는 술집

　죽은 시인의 무덤으로 가는 길, 그늘이 깊다

김명은　전남 해남 출생. 2008년 『시와시학』으로 등단.

바람의 제국

김미승

모든 것이 출렁거렸지만
아무것도 일렁이지 않았다
백만 대군의 바람이 진군해 온다는
정찰병 은사시나무의 성마른 수다만 쩔렁댈 뿐
저마다 제 뿌리 쓰다듬느라
적막한 숲에서

새파란 직립을 본다, 바람 부는 날
집요하게 나무를 감아 오르는 덩굴손의
천 개의 손바닥이 향하는 우듬지
아슬하다!

구조 조정된, 잔가지들의 비명이
고장 난 스피커의 잡음처럼 무성했다
바람이 불었다

본말은 흐리고 전도는 자명했다

23.5도 기울어진 하늘을 이고
숲은 늘 아슬아슬하다

바람은 매번 뿌리에서 불어와
우듬지를 흔들었다

_____

김미승 1999년 계간 『작가세계』로 등단. 시집 『네가 우는 소리를 들었
다』.

보고 싶구나

김사이

늦은 밤 불쑥 울린 짧은 문자

보고 싶구나

오십 줄로 들어선 오래된 친구

가슴이 철렁 한참을 들여다본다

가만가만 글자들을 따라 읽는다

글자마다 지독한 그리움이 묻어난다

한 시절 뜨거웠던 시간이 깨어났을까

생기에 찬 젊은 내가 아른거렸을까

빈 여백에 고단함이 배었다

너무 외로워서 119에 수백 번 허위신고 했다던

칠순 노인의 뉴스가 스쳐 가며

나도 벽을 빽빽한 책들을 어루만지거나 마른 장미

꽃에게

술 한 잔 건네며 중얼거리는 날이 늘어 가니

사지육신 멀쩡해도 더는 아무도 존중하지 않는

늙는다는 것 늙었다는 것

밥만 축내는 잉여인간으로 냉대하는데

몸도 마음도 다 내어 주고 아무것도 없는
삼류들에게
추억은 왕년의 젊음은 쓸쓸함을 더하는 독주
그저 독주를 들이키며 생매장당해야 하는 현실은
도대체 예의가 없다
나는 오랫동안 끝내 답장을 하지 못한다

김사이 1971년 해남 출생. 2002년 계간 『시평』으로 등단. 시집 『반성하다 그만둔 날』.

북으로 가는 봄

김성주

三冬을 견디어 온 한 잔 술의 목마름이다

한라산 중턱에 허리띠 풀어 놓고

영산홍 바람에 얼큰히 취한 바람

바다 건너

훅훅 취기 뿜으며

호남평야를 갈지자로 오른다

탑골공원 사람 사람 사이에 신명 한 줌 풀어 넣고

팔당 지나, 미시령 넘어

속초 바다 막 건너려는데

누가 뺨을 때리는가

만삭 여인의 기도 소리 가로채어

북쪽 선녀봉 너머로

휙– 날아오르는

저물녘 차가워 버린 바람이었다

김성주 1996년 『자유문학』으로 등단. 시집 『비·바람의 노래』 등이 있다.

물에서 온 편지

김수열

죽어서 내가 사는 여긴 번지가 없고
살아서 네가 있는 거긴 지번을 몰라
물결 따라 바람결 따라 몇 자 적어 보낸다

아들아,
올레 밖 삼도전거리 아름드리 폭낭은 잘 있느냐
통시 옆 먹구슬은 지금도 토실토실 잘 여무느냐
눈물보다 콧물이 많은 말젯놈은
아직도 연날리기에 날 가는 줄 모르느냐
조반상 받아 몇 술 뜨다 말고
그놈들 손에 질질 끌려 잠깐 갔다 온다는 게
아, 이 세월이구나
산도 강도 여섯 구비 훌쩍 넘어섰구나

그러나 아들아
나보다 훨씬 굽어 버린 네 아들아
젊은 아비 그리는 눈물일랑 이제 그만 접어라

네 가슴 억누르는 천만근 돌덩이

이제 그만 내려놓아라

육신의 칠 할이 물이라 하지 않더냐

나머지 삼 할은 땀이며 눈물이라 여기거라

나 혼자도 아닌데 너무 염려 말거라

네가 거기 있다는 걸 내가 볼 수 없듯

내가 여기 있다는 걸 네가 알 수 없어

그게 슬픔이구나

봉분 하나 없다는 게 서럽구나 안타깝구나

그러니 아들아

바람 불 때마다 내가 부르는가 여기거라

파도 칠 때마다 내가 우는가 돌아보거라

물결 따라 바람결 따라 몇 자 적어 보내거라

죽어서 내가 사는 여긴 번지가 없어도

살아서 네가 있는 거기 꽃 소식 사람 소식 그리운

소식

　물결 따라 바람결 따라 너울너울 보내거라, 내 아
들아

김수열 1982년 『실천문학』으로 등단. 시집 『어디에 선들 어떠랴』, 『생
각을 훔치다』 등이 있다. 제4회 오장환문학상 수상.

굴절의 전통

김수우

입석으로 타서 간이의자를 하나 잡았다 다행이다

매화가 번진다 그리운 이가 먼 데 있다고 한다 다
행이다

지난 겨울 철탑으로 올라간 사람들은 어찌 되었을
까

다행과 다행 사이 다행스럽지 못한 것들이 꽃대처
럼 칼금처럼 불면처럼 직립한다

밥그릇 안에서 굴절되는 영혼처럼 눈물은 봄비로
굴절되었다

성냥갑만한 메아리도 없이 봄비는 다시 철탑으로
굴절된다

내가 가려는 바다는 통로 천장에서 거물거물 떨고
있다

팬티까지 벗고도 부끄러운 줄 모르다가 양말 벗을
때의 수치를 정직이라 부르는

네 칼날도 꽃으로 굴절될 것인가 분노란 그따위 궁
리이다

오늘도 손해를 본 토마토수레는 굴절되지 않는다
다행이다 아니다

젖을 빨던 질문들은 철탑으로 굴절되었다 다행이
다 아니다

햇빛을 탕진하는 흐린 동백, 아슬아슬하다

신호등 앞에 늙은 외투처럼 서 있는 하늘, 뒤뚱거
린다

간이의자를 접는다

김수우 부산 출생. 1995년 『시와시학』으로 등단. 시집 『길의 길』, 『당신의 옹이에 옷을 건다』, 『젯밥과 화분』 등이 있다. 부산작가상, 아르코문학상을 수상.

손가락 역사

김요아킴

그는 전향자다.

만 30년의 습관을 미련 없이 버리는 혁명을 선택했다. 늘 그가 잡아 왔던 오른쪽 모든 것들이 순간 낯설게 다가오고 익숙함이 오히려 두려움으로 변해 버릴 즈음, 반대쪽 손은 사라진 두 손가락의 행방을 수소문하며 애를 썼었다.

그의 오른쪽 엄지손가락엔 그의 가계家系가 지문처럼 찍혀 있다.

그해 겨울 월남한 아비의 구부정한 등으로 눈보라는 울분처럼 쌓이었고, 얼굴 한 번 보지 못한 맏형은 태백줄기 아래 어디쯤 너와집 대신으로 북에서 내려온 군인들에 생을 저당 잡혔단다. 낯설은 사투리는 금세 휴전이 될 것처럼 익혀져 그가 태어났고, 불쑥 새어 나오는 북쪽 말씨는 티눈처럼 생에 박히었단다. 동쪽 바다로 숨어든 공비들 소식에 그의 엄지손가락은 더욱 오른쪽으로 굳어져 갔고, 먹을 것을 찾아 다시 남쪽 항구 도시로 떠밀려 왔단다.

　오른쪽 그의 검지손가락에도 노동의 내력이 소금기 묻은 물빛으로 묻어 있다.

　프레스로 찍어 내는 하루의 고단함이 늦은 밤 교문을 나서는 발걸음으로 이어졌고, 참아내야 할 숨만큼 헐떡이며 잦아드는 산동네 골방은 여전히 비릿한 가난으로 도배되었단다. 수출입국 산업 역군으로 한 뼘의 상승을 위해 무시로 철야를 했던 어느 날, 신혼인 그의 장밋빛 꿈은 붉은 꽃잎 두 개로 무너졌단다. 적금처럼 모아 두었던 오른쪽으로의 믿음은 결국 깊은 하혈을 하였고, 단말마적 비명과 함께 퇴화된 반대쪽 관절을 놀려야 했단다.

　그는 이제 왼손잡이다.

　숟가락을 들 때도 작업복을 입을 때도 오른쪽의 기억을 철저히 연소시켰고, 그의 생각마저 그러했다.

파업을 마치고 돌아오는 새벽, 김 서린 해장국 위로 소주처럼 맑은 그의 눈동자가 빛났고, 매캐한 최루가 스는 술잔을 쥔 그의 왼손에 또 다른 힘을 보태 주었다.

김요아킴 1969년 경남 마산 출생. 2003년 계간 『시의나라』, 2010년 계간 『문학청춘』 신인상으로 등단. 시집 『왼손잡이 투수』, 『행복한 목욕탕』 등이 있다.

만인의 불봉

김인호

순박한 청년의 미소 카랑카랑한 육성
만인의 불봉 당신은
망월동 묘역에 그저 잠들어 있지 않고
중외공원 청송녹죽 시비 속에 갇혀 있지 않고

졸졸 흐르는 개울물 소리 속에도 있고
고추를 따는 노인의 굽은 그림자 속에도
신사동 맥코이 호프집 팝콘 그릇 속에도
수박등 흐려진 선창가 유행가 가락 속에도 있고

넘기는 네루다 싯귀 속에도 있고
지리산 빗점골 너럭바우 위에도
광화문 광장 유민이 아빠 곁에도
밀양 송전탑 위에도 있고

언제 어디나 생명이 꿈틀거리는 곳이면
빛나는 별로 어둠을 가르며 달려가는 당신은

만인의 물봉

* 물봉 : 김남주 시인의 애칭

김인호 『문학세계』 신인상을 수상하며 등단. 시집 『땅끝에서 온 편지』, 『섬진강 편지』, 『꽃 앞에 무릎을 꿇다』 등이 있다.

내가 좋아하는 말

김진숙

질경이 어깨동무하고
가장 낮게 엎드린 말

언제든 불러 준다면
두 팔 벌려 안아 줄

민들레 방가지똥 같은
동지同志란 말
참
좋다

김진숙 2006년 『제주작가』, 2008년 『시조21』 신인상으로 등단. 제5
회 한국시조시인협회신인상 수상. 시집 『미스킴라일락』.

함께 가는 길

김창규

황톳길에
조선의 이름 없는 시퍼런 낫들이
고개를 숙이고 피를 흘리며
어찌하면 자유를 노래할 수 있을까
함께 간다고 하는 것은
감옥도 아니고 하늘도 아니다
그렇게 말했다

그날 그 술자리에
웃으며 소주를 마시던
허허하게 웃던 김남주 형의 모습은
백두산에서 조국은 하나였고
분단이 아니면 올 수 없었던
마지막 소원은 통일
그렇게 강은 흘렀다

민주주의 화창한 날은 빛나고

어둠 속에서도 희망이었던 길에
붉은 새가 안데스 산맥을 날고
파블로 네루다 저녁이 왔다

저 거친 세상은 푸르고
해방을 노래한 조국은 아메리카식민지
어디 잡것들이 주인인 양 행세하는
황토를 노래한 지하는 배신의 길을 갔지만
형은 민주주의, 자유, 통일, 해방
이런 길을 가르쳐 주었다

불러도 대답 없는 이름 김남주
무덤에 술 한 잔을 부으며 동학농민전쟁
광주 가는 버스 안에 나란히 앉아
옛이야기를 듣던 그날
만경 뜰 죽창이 되어 서 있네

김창규 1950년 청주 출생. 1984년 「분단시대」 동인지로 등단. 시집 「푸른 들판」, 「그대 진달래꽃 가슴속 깊이 물들면」, 「슬픔을 감추고」 등이 있다.

인간[1]

김 현

생명력을 주관하는 열세 번째 천사는
고요하고 거룩하다

밤이 되면
잉크를 쏟는다

영혼에 동공을 만드는 것이다

저기 저 먼 구멍을 보렴
너에게로 향하는 눈동자

가슴의 운명은
빛으로 쓰인다

1) 인간은 온다 내일의 비는 떨어지므로 인간적이다 비 맞는 인간은 비
인간다워지기 위해 젖은 몸에서는 따뜻한 김이 솟고 그때에 인간의 다
리란 참으로 인간의 것이다 가령, 광장에서 물대포가 쏘아질 때 패배의
무기는 무기력하고 인간은 젖은 채로 서서 방패가 된다 무기를 막지 않
는다 무기를 넘보지 않는다 이 또한 인간이 가진 눈동자다 그러나 오늘
날까지도 생명은 비인간적이다

생명은 태어나고

죽음으로 끝이 난다

열네 번째 천사는

주관한다[2]

2) 그러니 비가 그치고 빛이 떨어질 때 인간은 마땅히 고개를 드는 것이
다 고해하는 인간에게 목은 얼마나 유용한 도구인가 가령, 인간은 물대
포 앞에서 천사를 상상할 수 있고 평화를 그릴 수 있으며 종말이 멀지
않았음을 기록할 수 있다 언청이의 입술이 예쁘다고 생각한다 이로써
인간의 눈동자는 비인간적이고 방패는 무기를 찌른다 어제만 해도 생명
은 인간을 따돌렸으리

김 현 1980년 강원도 철원 출생. 2009년 『작가세계』 신인상으로 등단.
시집 『글로리홀』.

노안老眼

김희정

혜안慧眼이 있었던 김남주
시인이 아니라 전사가 되길 원했다
시가 시인이
의미가 없다는 것을 알았을까
20년이 지난 지금, 물어볼 곳이 없다
시인은 많은데
전사가 되고자 했던 시인은
죽고 없다
혁명을 꿈꾸었던
체 게바라
몸으로 시를 썼던
네루다
그들의 시선은 민중이었다
2014년
시인들의 눈은 노안이다
돋보기가 없으면
나도 한 치 앞을 보지 못한다

김희정 전남 무안 출생. 2002년 〈충청일보〉 신춘문예 당선. 2003년 『시와정신』 신인상으로 등단. 시집 『아들아, 딸아 아빠는 말이야』 등 이 있다.

동백꽃 붉은 숲 속에 와서

나종영

사람들은 안다 동백꽃 숲 속에 가면
겨울 시린 눈바람에
동백꽃 붉은 꽃잎 떨어져
무엇이 되는가를

사람들은 안다 동백꽃 숲 속에 서면
바닷새 울음소리 끝에
무엇이 남아 핏빛 불꽃으로 피어나는가를

이 세상 아름다운 나라
꿈을 그리던 시인이 쓰러지던 날
이 세상 순결한 나라
세우고 싶었던 가슴 뜨거운 전사가 스러지던 날
이 땅엔 죽음보다 깊은 폭설이 내리고

사람들은 울었다
울음 끝에 가까스로 남아 있는

불씨에 매달려 울고 또 울었다

붉은 동백 꽃잎 소리 없이 지고

사람들은 보았다 별 하나

이 땅의 큰 별 하나 떨어져

먼 하늘 어둠의 나라로 스러져 가는 것을

별 하나 지고 동백꽃 피고

또 별 하나 지고

동백꽃 붉은 꽃잎 무더기로 피어나는 것을

사람들은 보았다

멀리 봄이 오는 겨울바다

찬 별빛 쏟아지는 동백꽃 숲 속에 서서

아직은 푸르른 깃발 내릴 수 없다는 것을.

나종영 1954년 광주 출생. 1981년 창작과비평사 13인 신작시집 『우리들의 그리움은』으로 작품 활동 시작. 시집 『끝끝내 너는』, 『나는 상처를 사랑했네』 등이 있다.

회식

남호순

잿빛 하늘 덩어리진 구름이
종일 귀신처럼 꿈틀거리는 날이었다
모든 것은 저마다 형태로 가려지고
그렇게 묻히고
삼겹살집 창턱까지 우르르 달려와
지글지글 달라붙었다
연말 특별상여금을 받아 벌게진 얼굴들
우리의 예약은 미흡해도
짭조름한 양념에 헤벌린 바지락이 되다가
매생이처럼 풀어지다가
산들 흔들리는 상추 잎도 되다가
동질감을 위하여, 위하여
돌고 돈 잔들이 자꾸 손을 포개는 밤
축축한 유리창엔 취기가 맺히고
밖엔 가쁜 숨길의 눈발이 날리고 있었다
살아가는 일이 어디 삼겹살처럼 노릇노릇 익혀만
질까

지나간 시간은 탄 고기처럼 치워 버리고

우린 유목민으로 돌아갔다

백야에 차려진 만찬으로 끝낸

열두 달 걸어온 자국들, 이 밤엔

공장 연기처럼 머리 풀어헤친 눈발이 축복이었다

흔들리는 동안 우리는 더 탄탄한 높이를 키웠다

이젠 발밑도 돌아볼 수 있겠다

어떻게 땅을 딛고 있는지

남호순 제19회 전태일문학상 수상.

간재미

남효선

반도 서남쪽 끄트머리 목포항
유달산 아래 선술집에서다
쉰은 훨씬 넘었을
선술집 아낙이
목포는 항구다를 불렀다
영락없이 이난영을 꼭 닮았다
오래 삶아 모서리 실끈이 하늘거리는 앞치마
말미를 꼭 잡은 손볼이 도톰하다
난생 처음 먹는 간재미
속살이
유달산 아래 선술집 아낙
손등처럼 살이 올랐다.
목포항이 발겨 내는 곡절처럼
톡 쏘는 맛이
입안을 코끝을 가슴을 툭 친다.

열여덟에 뭍을 처음 밟았다 했다.

농활 온 서울내기 대학생이라 했다.
목포 유달산 아래 밥집에서
간재미 만지는 법을 익혔다 했다.
스물두 살 나던 해에
외항선 뱃꾼과 살림을 차렸다 했다.
삼남매를 낳고 이태만에
외항선 사내 먼 외국나라 이름도 알 수 없는
바닷속에 재웠다 했다.

앞치마에 손 쓰윽 비비고
선술집 아낙
소주 한잔 맛나게 들이킨다.
유달산 선술집 뿌우연 미닫이 유리창 너머
봄비 간들거린다.
아낙이 부르는 목포는 항구다
봄비처럼 간들거리며
미닫이 유리창 너머

포구로 내닫는다.

남효선 경북 울진 출생. 『문학사상』으로 등단. 시집 『둘게삼』.

김남주

노창재

다시는,

서정의 날만 벼려서
올 거지

겨울방학 끝낸 새 학기의 봄,
교실 유리창 닦는 아이와 같이
와서 나를 닦아 줄 거지

가깝고도 먼 주소의
반짝이는 문패
시인 김남주

미운 형
고운 동생아

노창재 경남 창녕 출생, 계간 『주변인과시』로 작품 활동. 3인시집 『삼색』.

나의 칼

맹문재

김남주의 시 「죽음을 대하고」를 읽다가
나의 칼을 떠올린 것은
죽음이라는 말 때문이 아니었다
억울함 때문도 아니었다
배신과 착취와 억압과 노예의 길 때문도 아니었다
아니었다, 주눅도 가난도 불구대천의 원수도 먹다
버린 뼈다귀도
허위의 가면을 쓴 이데올로기도

나의 칼을 떠올린 것은 사십 년이라는 말이었다
김남주 시인은 사십에 뒤안길 머뭇거리지 않고
의연하게 먼 산 바라볼 수 있다고 했지만
나는 아무런 준비도 못하고 있다
밤하늘의 별처럼 많은 싸움에 제대로 나서지 못한
것이다

나는 왜 칼 한 번 써 보지 못했는가

사랑과 자선과 벗과 단결과 유산 같은 말이
화살처럼 꽂히는 밤

나는 사십 년의 강을 칼을 차고 건너가야 하지 않
겠는가

맹문재 1963년 충북 단양 출생. 1991년 『문학정신』으로 작품 활동 시
작. 시집 『먼 길을 움직인다』, 『사과를 내밀다』, 『기룬 어린 양들』 등이
있다. 전태일문학상, 윤상원문학상, 고산문학상 등 수상.

농담하는 무덤

-모란에서

문동만

아이들의 놀이터일 때
무덤은 가장 절정이다
아이들은 死囚을 숙고하지 않고
무덤에 옷을 덮어 주며 깔깔 댄다

봉분에서 미끄럼을 타며
生死를 평지로 만들어 버리는,
나는 저것이 모란이라고 생각하는 것이다
모란의 향기라 생각하는 것이다

가능하다면 묻히지 않고
아이들과 오래도록 놀아 주는 일도
좋겠지만,
아이들 옷에 붙은 칙칙한 무덤을
털어 주는 일이 더 좋으리라
살면서 엄숙했던 버릇이 길어서
행간 또한 주름졌던 것

농담이 섞인 무덤이면
농담을 즐기는 무덤이라면
아이들이 맨날 구르고 놀다가
마침내 평장不葬이어서
모란이 놀라지 않고 웃으며 떨어지리라

문동만 1969년 충남 보령 출생. 1994년 『삶 사회 그리고 문학』 창간호
작품 발표로 활동 시작. 시집 『그네』 등이 있다.

달이 된 마형

문무병

누가 말하기를

형은 단식하고 절주하여

소식도 끊었으니 이거 어떤 일.

남들은 폭주하여 아가리로 시를 쏟는 밤에,

형만 싱겁게 절주하고 소식 끊었으니,

정말 술 고파 환장하쿠다, 양?(환장하겠네요)

저승서 온 나도 '오, 데니보이' 한 곡은 뽑아야지.

달아, 달아, 궁굴어온 달아.

쟁반 같은 달 안주 삼아,

단식해 비운 창자, 고독한 영혼,

형의 그림자 술상에 올려놓고 함께

이백이처럼 삼백 잔을 마시려니,

달에 쓴 일기, 광기처럼 아름다운 달빛,

설운 님 방으로 보내 주어, 이? 하니,

걸랑 기영 헙서 허멍, (그건 그리 하시요 하며)

시인 아닌 잡것 시 흉내 내어,

형 그림자 벗 삼아 술을 마시니,

달, 달, 무슨 달, 쟁반같이 둥근 달,
당신은 달덩이 되어.
날 잡고 우니, 난 어쩌란 말?

문무병 1990년 『문학과비평』으로 등단. 시집 『엉겅퀴꽃』, 『날랑 죽건 닥밭에 묻엉』 등이 있다.

봉황리에서

문재식

와야지요

돌돌돌 두메에 녹두꽃으로
첩첩첩 산골에 파랑새로
활활활 이 들에 들불로

와야지요, 와서

청송녹죽靑松綠竹이었다가
죽창竹槍이었다가

아직 싸워야 할 자유
아직 피 터져야 할 평등

봐야지요. 흐―윽한 이齒로 가만히 웃으며
꼭
한번

더 와서

봐야지요

문재식 1962년 해남 출생. 시집 『게으른 날』.

남주형을 만나

박관서

퍼런 날 세운 청송녹죽
반나마 걷어 내고
동상과 시비를 세운
김남주 시인 생가 건립식에서
비 맞은 새처럼 슬슬 떠돌다가
남주형을 만났다 왜 하필
그때, 지역을 전선으로 삼았다가
살과 뼈를 가르는 싸움 치루지 못해
뒤로 물러앉은 삼류시인이 되어
남주형을 만났는지
내게는 말아먹을 몸뚱이가
아직은 남아 있어 걱정은 없다지만
모처럼 만난 남주형,
역시 남주형은 구석으로 몰려야만
핀치에 몰려 훅, 훅,
피가래침 내뱉을 때에만 만날 수 있는
퍼런 날 세운 죽창인가

핏발 선 노래인가, 나는 아직도
더 몰려야만 되는 것이다
구석으로 구석으로

박관서 1996년 계간 『삶, 사회 그리고 문학』 신인 추천. 제7회 윤상원
문학상 수상. 시집 『철도원 일기』, 『기차 아래 사랑법』이 있다.

김남주의 시를 읽던 시절

박두규

시퍼런 칼날이 목젖을 스쳐 가는 백척간두의 시절이었지만, 그 모든 걸 시로 읊어 대고 그 시들을 읽으면 세상이 분명해지던 시절이 있었지. 온다면 반드시 오고, 간다면 반드시 가고 말았던 시절, 손에 잡히는 건 지금 당장 숨 쉬는 시간뿐이었고, 그저 끝 모를 우주의 시간 밖으로 털려 났던 시절, 그날그날을 한 끼의 꿈으로 연명하던 시절, 오랜 가뭄에도 늙은 호박은 누렇게 익어 가고, 불 밝혀 김남주의 시를 읽던 시절.

하지만 요즘 자꾸 그 시절이 앞을 가로막아 불편하다. 바쁜 세상 만나 열심히 산다고들 사는데도 뭔지 늘 2%가 부족하다. 그 작은 결핍이 온 생을 싸잡아 부정한다. 지금도 시를 읽고 꿈을 꾸고 호박도 누렇게 익어 가지만 뭔지 모를 2%가 부족하다. 그 결핍감으로 희망버스도 타고 밀양도 다녀오고 세월호 동조 단식도 하지만, 그래도 사람들은 늘 홀로 놓여 불편하다. 어쩐지 외롭다.

박두규 1985년 『南民詩』 창립동인으로 문단에 나옴. 시집 『사과꽃 편지』, 『당몰샘』, 『숲에 들다』, 『두텁나루숲, 그대』 등이 있다.

시인의 넓은 등
— 김남주 형 20주기에

박몽구

화살같이 지나간 40년을 거슬러 올라간다
형이 광주MBC 옆에 카프카서점을 열었을 때
가난한 시인 지망생은
술이나 밥보다 책에 더 굶주려서
서울에서 새 책이 들어올 때마다
손때 하나 묻어 있지 않은 책의 귀를
무작정 뽑아다 밤새 안고 뒹굴다가
몇 권째 꿀꺽했는지 모른다
두꺼운 안경 알 탓일까
형은 책도둑인 나를 까맣게 몰라본 채
서점에 들르면 다시 반기며 술을 사 주었다
그런 날은 그의 흐린 시력을 피해
다시 책을 몇 권 더 챙겨 넣으며
참 속이기 쉬운 물봉이거니 생각했다

파리 콤뮨을 강독하다가
졸지에 쫓기는 신세가 된 형을

다시 만난 것은 광주교도소 미결감
오일팔로 수배되었다 1년 만에 걸려들어
쇠창살 안에 갇힌 내 앞을 지나던 형은
청춘을 짓이기도 남을
15년 곱징역을 무겁게 받아들고도
두터운 안경 너머로 씨익 웃으며
내 손을 덥석 쥐어 주었다
부르르 어린 나를 흔들던 고압 전류!

몇 푼의 책값을 챙기기보다
책의 말린 귀를 펴
어린 후배가 넓은 세계를 만나기 바랐던
형의 마음이 비로소 엿보였다
햇볕도 들지 않는 독방으로 가는
그의 등이 그렇게 넓은 줄
처음으로 알았다
나도 모르게 빚어진 수정에

66

형의 모습이 오래도록 따스하게 남아 있었다

박몽구 1977년 월간 『대화』로 등단. 시집 『개리 카를 들으며』, 『마음의 귀』, 『수종사 무료찻집』 등이 있다.

예각을 작도하며

– 김남주 시인 20주기에 부쳐

박순호

광장과 감옥과 들판을 오가던 길목은 예각입니다
좋은 세상을 잉태하는 대지입니다
허나 이 땅은 지금도 참혹한 날씨가 계속되고
우울과 절망의 모퉁이를 만들고 있습니다
검은 손들은 꽃송이를 꺾어 버리고
광장은 촛농으로 굳어 견고합니다
남도의 아침
당신의 칼날은 여전히 녹슬지 않고
긴 수평선을 가릅니다 그리고
붉은 해를 데리고 나옵니다
나와 함께 모든 노래가 사라진다면
그 불멸의 노래를 따라 부르며
우리는 예각을 작도하기도 하고
숫돌에 갈고 불꽃에 벼리어
이 땅 위에 녹슨 창살을 걷어 냅니다
눈물에 절인 징을 치며
열두 폭 병풍을 펼치며

박순호 2001년 『문학마을』을 통해 작품 활동을 시작. 시집 『헛된 슬픔』 등이 있다.

슬픔을 말리다

박승민

이 체제下에서는 모두가 난민이다. 진도 수심에 거꾸로 박힌 무덤들을 보면 영해領海조차 거대한 장지葬地같다. 숲 속에다가 슬픔을 말릴 1인용 건초창고라도 지어야 한다. 갈참나무나 노간주 사이에 통성기도라도 할 나무예배당을 찾아봐야겠다. 神마저도 무한 기도는 허락하지만 인간에게 두 발만을 주셨다. 한 발씩만 걸어오라고, 그렇게 천천히 걸어오는 동안 싸움을 말리듯 자신을 말리라고 눈물을 말리라고 두 걸음 이상은 허락하지 않으셨다. "말린다"와 "말리다" 사이에서 "혼자 울어도 외롭지 않을 방"을 한 평쯤 넓혀야 한다. 神은 질문만 허락하시고 끝내 답은 주지 않으신다. 대신에 풍경 하나만을 길 위에 펼쳐 놓을 뿐이다.

마을영감님이 한 짐 가득 생을 지고 팔에서 막 빠져나온 뼈 같은 지팡이를 짚고 비탈을 내려가신다. 지팡이가 배의 이물처럼 하늘 위로 솟았다가 다시 땅으로 꺼지기를 반복하는 저 단선의 돛. 짐만 몇 번씩 길 밖으로 사라졌다가 다시 길 안으로 돌아와서는 간신히 몸이 된다. 짐이 몸으로 발효하는 사이가 칠순이다. "말린다"에서 "말리다" 驛까지 가는데 수없이 내다 버린 필생의 결말이 있었던 것이다.

박승민　경북 영주 출생. 『내일을여는작가』로 작품 활동 시작. 시집 『지붕의 등뼈』.

등이 따뜻하다

박　일

젊음에 대한 삶은 상처
벼랑 끝에서 고심했던 어제는 가라
바닥이라는 저 길지에 등을 뉘어 보아라

우리가 가십이라 여기며
허물었던 이름들과 그 해에 지던 꽃과
물에 붙어 있던 차디찬
밥알 몇 톨

사나운 겨울도 그냥 오는 법은 없어서
신기루 같은 내일을 향해 헛손질하는 동안
창밖을 배회했을 소소한 것들이여

저 흔한 바람의 소매라도 쉬이 놓지 말 일이다
맨 얼굴의 들판에 쪼그리고 앉아
억새의 낮은 말에도 귀 기울여 볼 일이다

상처에 소금 스미듯이 아린 청춘이어서

호올로 글썽이던 사람아

이제는 내게로 와 등에 얼굴을 묻고

목 놓아 울어도 좋으리

박 일 전남 해남 출생. 2006년 『시를사랑하는사람들』로 등단. 시집 『난』.

새의 작명

박찬세

버려진 책상 위로 눈이 쌓이고 있습니다
나는 세언世言이나 제아諸娥처럼
획이 모자라 아팠다던 이름을 책상 위에 써 둡니다
이 세상 붓으로는 채울 수 없는 획이란 것이 있어
서
하늘에게 붓을 빌릴 때 썼다는,
죽은 입에 넣어 주다 흘린 몇 톨의 쌀알도 뿌려 둡
니다
높은 곳에서 낮은 곳으로 아픈 곳에서 아픈 곳으로
발이 붉은 새 한 마리 이름 곁에 내려앉습니다
언 부리로 콕콕 모자란 획을 채워 줍니다
눈이 지우는 곳으로 새는 사라지고
눈 위에 찍힌 모든 몸짓들을 축문으로 읽습니다
입관을 마친 당신을 덮던 한지처럼
내가 끌고 가는 긴 축문 위로도
하얗게 하얗게 하늘이 무너져 내립니다

박찬세 2009년 『실천문학』으로 등단.

사랑

박 철

그가 십자가에 걸려 펼치고 있는 두 팔을 보라
모두를 품어 안으려는 고통스런 자세
누군가를 사랑하려면 그렇게
내미는 손에 붉은 못 자국이 있어야 한다

그가 가부좌를 틀고 지그시 감고 있는 눈매를 보라
누구나 인정하려는 부드러운 아미
누군가 사랑하려면 그렇게
안으로 흐르는 눈물이 있어야 한다

박 철 1960년 서울 출생. 1987년 「창비 1987」로 등단. 시집 「김포행 막차」, 「험준한 사랑」, 「불을 지펴야겠다」 등이 있다. 제12회 백석문학 상 수상.

조개탕 한 수저에 왜 이리 눈물이 나는지요

박현숙

혁명이 갇히고
이념이 갇히고
어깨 겯고 걸어가는 구호가 갇히고

0.75평방의 골방에서도 날마다 꿈을 꾸었지요 고향의 능선 능선마다 꺽둑꺽둑 키가 큰 억새들의 소슬한 흔들림을 보았지요 뭇 새들의 날갯짓을 보았지요 이 산 저 산 산코숭이를 스윽 치켜들면 발밤발밤 접어들던 샛길이며 덤불 속에 숨어 있던 도토리며 밤이며 솔방울들이 도르륵 도르륵 굴러 내릴 것 같았던 가파른 그 높이를 올려다보았지요 그 아래 낮게 엎드린 마을마다 순박한 웃음소리 들렸지요

헐한 술집 한편에 묻어 둔 아주머니의 꿈, 어디에 있나요 납작 엎드린 채 신음하고 있나요 걸어서 걸어서 산을 넘고 있나요 오늘도 곡선주로를 빠져나가고 있나요 함께 일어서면 우리는 거인인데 함께 가면 새

로 쓰고 다시 세울 수 있는데 우리는 왜 진실에서 떠
나야 하는 가요

흔들릴 수 있는 모든 것 흔들려야 하는 세상이 자
유지요 띠 풀 한 자락도 흔들리며 꿈을 꾸지요 아주
머니, 갇힌 날들이 뼈가 되어 널브러진 조개탕 한 수
저에 왜 이리 눈물이 나는지요 청양고추 매운맛을 너
무 많이 우렸나 봐요

박현숙 경남 마산 출생. '낮은시동인'으로 작품 활동 시작. 공저로
『우물을 만나다』, 『사각지대에 서다』 등이 있다.

고사목

성환희

비탈이
나의 뿌리를
꽉 움켜쥐고 있다

나는
죽어서도 죽지 못하고
서 있다

꼿꼿이 살아서
비탈의 손을
잡아 주어야 한다

이렇게
몇 억 년 함께 산다, 우리는

성환희 1966년 경남 거창 출생. 2002년 『아동문예』 동시부문 신인문학상. 2014년 『시선』 시부문 신인문학상. 동시집 『궁금한 길』. 시집 『선물입니다』. 제9회 울산작가상 수상.

봉하시초

신남영

산길을 따라 오른다
이 길은 그의 마지막 길
감꽃이 손을 내민다
오월 그날도 그랬을 것이다
내려다보이는 산천은
눈이 시리도록 고왔을 것이다
가장 낮은 곳에서 늘
당당하고자 했던 사람
그는 담배 연기를 향불 삼아
봉화산 마애불이 된 것일까
해마다 연꽃은 피어나는데
미륵정토는 아직 먼 길
그의 길을 걷는다고
그를 따른다 하지 말라
사자바위를 돌아 그 바위 앞에 선다
그가 던져 버린 것은 무엇인가
가늠할 수 없는 한 인간의 진실

깨어 있어야 한다
깨어 있으라
두 눈 부릅뜬 부엉이 한 마리
한낮에도 불을 밝히고 있다

신남영 2013년 계간 『문학들』 신인상으로 등단.

모든 김남주여

— 김남주 추모 시

안학수

너는 꼬리인가 머리인가
솔연率然의 그 어디에 있는가?

움츠린 목이여
기지개를 켜고 옷깃을 세우라
늘어진 엉덩이여
자리를 털고 앞으로 나아가라

불사불굴의 투쟁으로 다가가던 민중의 나라
십 년 옥고로 짓밟히며 당겨 놓았던 민주주의

다시 또 멀어지고
다시 또 무너지고
다시 또 가라앉고
다시 또 어둠이 다가온다

달콤한 발림에 진실을 팔고

거짓의 눈물에 정신을 버린
너는, 너는 무엇을 좇아 꿈을 꾸는가

깨어나자 일어나자 나아가자

꼬리여 대가리여 이따위 것이여
오늘의 솔연이여 모든 김남주여

또, 또 일어나 처절하게 짓밟히자
또, 또 나아가 천번만번 죽어 보자

* 김남주의 시 「솔연率然」을 인용.

안학수 〈대전일보〉 신춘문예 등단. 동시집 『낙지네 개흙잔치』, 『부슬
비 내리던 장날』, 장편소설 『하늘까지 75센티미터』가 있다.

小寒

유용주

고라니가 캥캥 우는
산골 추위 한번 맵구나

봉화산에서 내려오는 물소리 들리지 않는다

물이 얼면 소리가 막히는 법,
이 겨울, 누구를 비난할 것인가

계곡은
밖으로 풀어지는 마음을
안으로 싸안고 겨울을 견딘다
침묵을 채찍질한다

소리가 막히면 바람이 먼저 어는 법,
얼음장 밑으로 흐르는 물은
세상 가장 낮은 말씀이시다

봄은 실패해도 좋은 역성혁명인가

무혈 입성하는 저들을
두 손 놓고 바라봐야 하나

말이 막히면 만백성이 어는 법,
흰옷 입은 사람들 흘린 피
겨울잠 자고 있다

꿈결까지 따라오던 물소리 꽝꽝
깊은 잠 들어 있다

우수 경칩은 도대체,
어느 바다에서 상륙한 모국어인가

구름마저 얼어붙어
하늘이 무연고 시신으로 떠내려 오는 머나먼 이곳,

아침의 나라,

동방의 차디찬 불빛!

유용주 1959년 전라북도 장수 출생. 1991년 『창작과비평』으로 등단. 시집 『가장 가벼운 짐』, 『크나큰 침묵』. 산문집 『그러나 나는 살아가리라』 등이 있다.

빨래집게가 붙드는 희망

유정탁

날아갈 듯, 날아갈 듯
펄럭이는 날개
수건은 바람 햇살에 몸 맡겨
절망을 말린다
절망이 마르면 뽀송뽀송한 희망이 된다는
바람 소리

빨래집게를 놓치지 마라
앙다문 빨래집게를 원망하지 마라
빨랫줄의 연대連帶 위에서
홀로 남았다고 외로워 마라
희망은 때로 외로움과 아픔 뒤에 온다는
바람의 말씀

수건 한 장 눈부시게 펄럭인다

유정탁 1968년 경남 거창 출생. 제8회 전태일문학상. 시집 『늙은 사과』.

시칠리아의 암소

유 종

사랑한다고 고백했지만
미안하다고 웃어보였지만
끝내 건너가지 못했구나
그래서 눈감지 못한 이들이
요나의 눈으로 산 사람들의 도시를 보겠구나
당신들의 마지막 이야기가 여기 있음에

오늘 거리에 젊은 눈들이
반짝이며 당신을 보고 말하는구나
맹골의 물길을 거슬러 신발이 벗겨지도록,
손톱이 닳아빠지도록 싸웠던
무섭고 서러웠던 마지막 고투를
구명조끼 갑옷처럼 두르고
거짓과 음모와 배신 앞에서
움켜쥔 주먹으로, 치 떨리던 입술로
증언하고 있구나

질곡의 현대사

뒤틀린 욕망을 짊어지고

시칠리아의 암소에 갇힌 자들이

그대들의 이름을 부르며

울부짖는, 신음소리 가득한

휴일 한낮이여

우리는 평생 소처럼 울부짖으며

그렇게

통한의 한 세월 건너가겠구나

* 시칠리아의 암소 : 시칠리아의 폭군 팔라리테(기원전, 565~549)는 세상에서 가장 고통스럽게 사람을 죽일 수 있는 사형도구를 아테네의 명장名匠 펠릴로에게 주문한다. 펠릴로는 동으로 만든 암소상을 만들어 바치지만 팔라리테는 펠릴로를 암소상에 가두고 불을 때라고 명령한다. 그날, 암소상에 갇혀 펠릴로가 부르짖은 비명소리는 마치 소의 울음소리와 같았다고 한다.

유 종 1963년 전남 해남 출생. 2005년『광주·전남작가』신인 추천과 『시평』여름호에「8433」을 발표하면서 작품 활동 시작.

소풍

유현아

꼭대기로 소풍 가요
우리가 딛고 걷는 바닥은 아무 데도 없거든요
저기 교묘하게 죽어 있는 바닥들이 보이잖아요
우리의 바닥들은 바닥을 치고 위로 더 위로 올라가
죠

이제 혁명의 노래도 위로 올려 보내요
이제 투쟁의 기다림도 위로 올려 보내요
이제 죽음의 상징 따위도 위로 올려 보내요
정교하지 못한 거짓말들도 위로 올려 보내요
위로 위로 올라가다 보면 그곳에
어처구니없는 이유들이 기다리고 있겠지요

그 위에 아마도 펄럭이는 사람들이 있을 거예요
목소리들이 붙잡고 있는 깃발들이 있을 거예요
그 속에 바닥에서 올라온 것들이 숨어 있을 거예요
이제 올라간 모든 것들은 내려오지 않을지도 몰라요

울음을 위로하는 시간만큼 견딘다면 혹시 모를까

의문투성이 위로가 필요한 때 그때 어쩌면
아니면 바닥의 가장자리가 닳아질 즈음 내려올지
도
그러니 우리 이제 바닥을 치고 꼭대기로 소풍 가요

유현아 서울 출생. 시집 『아무나 회사원, 그밖에 여러분』. 2006년 제
15회전태일문학상 수상, 제4회 조영관문학창작기금 수혜.

오대산의 저녁밥

윤병주

창문 모서리마다 서리 끼는 밤
아내는 근심 없이 웃어 주는 아이를 업고
구불구불 산길을 넘어 친정에 가고
오랜만에 혼자 천천히 밥을 씹어 삼킨다
밥맛은 맨 처음 꼭꼭 씹어야 한다고 일러 준
병상의 어머니를 생각하네
이제는 도무지 묶여져 꼭꼭 씹을 수 없는
서로 달라진 밥맛을 안부로 되묻는 밤
바람이 불고 산중의 달은 뜨는데
이런 밥맛을 아는데 아주 먼 곳까지
돌아와 밥을 먹고 있네

윤병주 2인시집 『길 위에 서 있던 날들』. 1995년 수원문학상 수상.

밤 12시

− 김남주, 학살1

윤석정

1980년 오월 어느 날은 핏빛 하늘이었다
밤 12시, 그는 처참하고 치밀한 학살을 보았다

2014년 사월 어느 날은 다시 핏빛 하늘이었다
밤 12시, 침몰하는 유람선에 갇혀 아우성치는 심장
을
목숨 하나 구원하지 못한 무능하고 무책임한 변명
을
철저히 차단된 학살을 보았다

어느 날 밤 12시,
무장한 군인처럼 노골적으로 바다를 뒤덮는
구름을 보았다
구름 뒤에 숨어 구름을 조작하는
조직적이고 은밀한 바람을 보았다
두 눈 부릅떠야만 흐릿하게 드러나는
음산한 시대의 어둠을 보았다

밤 12시, 그는 철창에 기대어 핏빛 조국을 보았다

윤석정 2005년 〈경향신문〉 신춘문예로 등단. 시집 『오페라 미용실』.

먹[墨] 가는 일
– 창법唱法 1

윤재걸

숫돌에 낫을 갈 듯
숨죽여
먹을 간다.

묵향墨香 속에 잠복한
흰옷 입은 사람들…

그대의 멍든 세월 붙들고
사위의 어둠에
빛 한 송이 빚기 위하여

숫돌에 낫을 갈 듯
숨죽여
먹을 간다.

윤재걸 1947년 전남 해남 출생. 1966년에 다형 김현승 시인 등의 추천으로 시작품을 발표했으며 1975년 『월간문학』 신인상으로 등단. 시집 『후여후여 목청 갈아』, 『금지곡을 위하여』가 있다.

잔디 깎기 앞에서

이미숙

잘려야 산다
잘리면서 잇는다
뽑히느니 잘린다 그러니
잘리는 게 최선이다

잣대가 없다
정靜한 것
모난 것
저보다 큰 산을 품은 것
우뚝 일어선 듯
잘 자라면 잘린다

그래서 묻는다
이 땅에,
덜 자란 미움은 어쩌겠느냐
키를 넘긴 사랑은 어쩌겠느냐

이미숙 충남 논산 출생. 2007년 『문학마당』으로 등단.

사랑

이복규

사랑에는 우연이 없다
쉽게 놓아서도 안 되고
쉽게 다가서도 안 된다

눈물 머금고 바라보면
마음에 꽃 핀다
눈물 머금고 같이
푸른 하늘 바라보며
뜨거워지면 눈물이 굳어
돌이 된다
다리가 된다

눈물 머금고 바라보면
마음에 열매 맺는다
함께 걸어갈 씨앗 되고
함께 걸어간 흔적이 길이 된다

사랑에는 우연이 없다

이복규 『서정문학』으로 등단.

몽환, 강이천을 만나

이상규

의금부 뜰에서 추국을 받던
강이천이
장살에 해어지고 터진
핏물에 짓이겨진 볼기짝
드러낸 채
오늘 밤 나를 찾아왔다
발목까지 내려간 바짓가랑이를
올리지 않은 산발한 모습으로
그는 천천히 불량한
세상의 변화를 꿈꾸는
나를 찾아왔다

불확실한 제도의 틀에
갇혀 잃어버린
이 세상 사람들의 상상력
인륜, 도덕, 덕목이라는 빈틈없는 격자를
결코 허물지 못한 강이천은

내 침대 곁에 누워 숨을 거두었다

손에 쥔 천주님 묵주가 핏물에 젖어 있었다
눈물에 젖은 몽환의 밤은
무척 짧았다
아침 여명, 보랏빛 안개가 되어 서서히
퍼져 가면서 밝은 아침이 찾아왔다

그의 꿈
불량했던 상상력은 많은 시간이
흘러 비로소 꽃으로 피어났다

이상규 1978년 『현대시학』 추천으로 등단. 시집 『종이나발』, 『거대한 집을 나서며』 등이 있다.

대지와 바다의 열쇠를 훔쳐간 사월死月

이설야

거대한 관이 인양되는 먼 시간에도
수선공장 재봉틀은 계속 돌아가고
그림자들이 폐수처럼 흘러간다
한 집 걸러 한 집, 돌아오지 않는 아이들
덜거덕거리는 찬장 위 그릇들이 말을 하기 시작한다

오직 수천 년 동안 부르튼 입과 입들을 틀어막기
위해
누군가 하늘이라는 단어를 만들었나
그 많은 귓속에 못을 박기 위해 열쇠를 훔쳤나
눈 속에서 해바라기를 빼 가기 위해 해를 숨겼나

봉인된 탈출구
서류를 감춘 바람
절대시계의 시간 속으로 사라진 아이들
수십억 눈 속으로 배는 아직도 침몰 중이다

죽음을 담지 못하는 관은 가장 멀리 있는 진실

　아이들의 아직 태어나지 않는 먼 아이들과 함께 실
종 중이다

　우산을 거꾸로 쓴 박쥐들이 빨간 구름을 모으는
저녁

　별들도 두려워 눈을 질끈 감는다

　아이들의 젖은 그림자를 훔쳐간 사월死月이 가지
않는

이설야　2011년 『내일을여는작가』 신인상으로 등단. 2013년 대산창작
기금 수혜.

끝끝내 저 깊숙이 오늘까지는
– 김남주 시인에 대한 회상

이승철

눈먼 갈매기들이 철책선 위로 삐라처럼 흩날렸다.
홍일선 시인은 소매 끝자락에 눈물을 훔치다가
정박된 포구의 배를 아련히 쳐다보았다.
끼룩끼룩 부딪혀 우는 낡은 배 몇 척
먼저 떠난 자가 산 자들을 추억하고 있다.
외딴 섬 너머 흐느끼는 경징이풀 위로
뉘엿뉘엿 노을 소리가 검붉게 쓰러진다.
그맘때쯤 뻘밭 구렁을 헤쳐 나온 수백수천의
게 떼들이 옥문을 깨듯 우르르 전진해 왔다.

차마 믿기지 않던 그날의 부음이었다.
어떤 이는 맥주병을 깼고, 누구는 멱살잡이로
죄다 니기미로 미쳐 가기 위하여 쑥대머리로
울다가, 웃다가, 흐느끼다가, 모두들 필사적으로
술잔을 들이키던, 고려병원 영안실 풍경
잠시 나는, 망치로 고환을 깨 버리고 싶다던
김남주 시인의 병상일기 한 대목을 떠올렸다.

가로막힌 철조망 너머 깡마른 영혼이 산다.

각혈하듯 솟구쳐 내 목덜미를 감싸 안는다.

호랑나비 몇 마리가 암호도 없이 넘나들이하고

연거푸 원샷을 외치던 학민사의 김학민 형과

언제나 사람 좋은 동학사의 유재영 시인과

병실 복도 끝 포르말린 냄새와 반드시 꼭

쾌차하리라던 못 잊힐 그 맹세 따위와

그대가 던져 준 나의 칼, 나의 피와

핏빛 선연한 자유의 나무 한 그루

형님들! 그럴 것이 아니라 남주 형, 십팔번

수박등 흐려진 선창가 전봇대에 기대서서 울적에

고향의 그림자던가, 우리 그 노래나 한번

목 터지도록, 한번 불러봅시다, 아암

그려, 한번 불러제끼자고, 이런 젠장칠 세상

그 겨울을 무사히 넘긴다면 선운사 절 마당이나
구경 가자던 그 사람은 이제 내 곁에 없다
허어, 허어, 사람 좋은 웃음만 면상 가득 채우다가
남 몰래 하늘 한 자락 씨익, 우러르던 그였다
마포 아현동 민족작가회의 사무실 한쪽 모서리
갑자기 일어서서 전혀 뜻 모를 미소 끝자락에
특유의 입맛을 쩌억, 쩍쩍 다시던 그였다
기릿빠시 후배들에겐 천하의 물봉으로 통했지만
저, 개싸가지 없는 호로쌍것들을 향해서는
온몸을 다해 침을 탁, 내뱉던 그 사람이
저기 해남읍 삼산면 봉학리 논두렁 속에서
웃자란 잡초들과 함께 너울대고 있었을 뿐

그래, 더는 한번 생각해 볼 일이다
다시 한 번 그대 눈동자를 바라볼 일이다
무너지며 사랑했던 그 쓰라린 진창을 위하여
천만 송이 눈꽃들이 흰 수의로 펄럭일 때

서울이라 불리던 낯선 타향 땅 떠나 기어이
전남대 오월광장으로 양동시장 거쳐 금남로로
하루 종일 워키토키에 시달리던 상여꽃들아
그러다가 그 밤길에 망월동 신작로 너머
황토빛 눈물 속에서 흔들리다 되살아난
마지막 혼불 하나 저렇듯 넘실대고 있을 때
우린 눈 부릅떠 참담한 이승을 목격해야 했다
살아남은 자들은 그저 묵묵히 살아가겠지만
이렇듯 취한 가슴에 멍빛 눈망울 가득히
그대 큰 사랑을 얻고, 다시금 바람이 불면
저 벼랑 끝에서 불꽃 같은 눈물 한 자락을
더 깊숙이 불려야 한다, 끝끝내 오늘까지는

이승철 1958년 전남 함평 출생. 1983년 시 무크 『민의』 제2집으로 등단. 시집으로 『오월』, 『당산철교 위에서』, 『총알택시 안에서의 명상』 등이 있다.

광밥*

이오우

모처럼
노친네 모시고 나온 날
광밥 천지다
빛나는 밥이다

저놈들 좀 봐라
나뭇가지마다 조청을 발라
광밥을 잔뜩 묻혀 났네 그려
한 가지 화악 분질러
뜯어 먹으면 기똥차게 맛있것다
무덤 속까지 환히 비춰
혼령들도 일어나 춤출 것 같구먼

튀겨 낸 광밥에서 김이 모락모락 오른다
저놈을 가슴 한 가득 담아 가고 싶다는
노친네와 시장 어귀에서 터지던
광밥의 함성을 따라가 본다

벚꽃 길은

엄마 품속처럼

어린 시절 꿈속처럼

오랫동안 사람이 살았으나

지금은 아무도 살지 않는 섬

어머니의 빈 가슴

나비의 집이었다

* 광밥 : 튀밥의 사투리, '튀긴 쌀'을 말함.

이오우 1969년 충남 홍성 출생. 2005년 『시와창작』 신인상으로 등단.

햇볕 좋은 날

— 김태정

이은봉

스님, 이제는 가야겠어요 견디기 너무 힘들어요

언제쯤 가시려고요 지금 가면 안 돼요

가을이 오면 가려고요 햇볕 좋은 날 가려고요

추석 전에 가면 안 돼요 추석 전에는 너무 바빠요

추석만 지나면 한가해져요 스님, 그때는 괜찮아요

그래요 추석이 지나야 가시는 길을 도와드릴 수 있

어요

그냥 화장해 주세요 달마산에 뿌려 주세요

사흘장은 치러야지요 친구들도 좀 부르고요

알았어요 스님 뜻대로 할게요 좀 기다리지요 뭐

추석이 지나고 열흘, 어느 햇볕 좋은 날

그녀는 갔다 바짝 마른 몸뚱이만 남겨 놓은 채.

이은봉 1953년 충남 공주 출생. 1984년 창작과비평사의 17인 신작시집 『마침내 시인이여』에 「좋은 세상」 등을 발표하면서 작품 활동 시작. 시집 『좋은 세상』, 『무엇이 너를 키우니』, 『내 몸에는 달이 살고 있다』 등이 있다.

흰 붓

이정록

진눈깨비도

할머니 등에 더 쌓인다.

당연 허리가 굽어 그렇다.

흔들림 없이 걸어와서 그렇다.

손주 녀석 발버둥에 보풀보풀 보푸라기가 일어 그렇다.

가슴팍에 온기를 그러모으느라 등짝이 차가워져서 그렇다

직립의 산비탈을 눕혀 파밭을 일궜기 때문에 그렇다.

대파 밭 가득 한파 대설이다.

노파라고 혀를 차지 마라.

꽃숭어리마다 봉분이다.

봄맞이 흰 붓이다.

이정록 1964년 충남 홍성 출생. 1993년 〈동아일보〉 신춘문예로 등단. 시집으로 『벌레의 집은 아늑하다』, 『풋사과의 주름살』, 『아버지학교』 등 이 있다. 김수영문학상, 김달진문학상, 윤동주문학대상 수상.

그 집

이진수

들어서는 사람 쪽으로
열려 있는
길
나무조차 제 그늘에
앉지 않았다

등대처럼 환하다

이진수 시집『그늘을 밀어내지 않는다』.

오월 애愛

정석교

핏빛 덩어리 뭉쳐진 저 능선이 붉은 깃발이 창궐하듯 거룩히 새겨 넣을 혁명의 자세 도처에서 울려 퍼지는 그 빛나는 꼭짓점부터 그렇게 목마른 몸짓으로 새 떼들 무리지어 타들어 가고 있었다

우듬지 머리채 풀고 하늘로 압송되는 민중의 길은 숨 가쁜 희열이라고 혁명 또한 사랑이라고 오월 역서에 그렇게 기록하고 있다

닭장차에 실려 수액처럼 빨려 가는 시위대를 본다 나의 적색 핏줄기오월과 나의 관계가 타들어 가듯 붉디붉어 간다

정석교 1962년 강원 삼척 출생. 1997년 『문예사조』 등단. 시집 『꽃비 오시는 날 가슴에 꽃잎 띄우고』 등이 있다.

상처

– 씨감자

정세훈

토실토실한 감자알을 주렁주렁 매달고
다시 살아날 수 있는 씨감자가 되려면

상처를 입어야만 해
상처도 혈서를 쓰듯
새끼손가락 하나 깨물어 피만 조금 내는
그러한 조그마한 상처가 아니라

적어도 두서너 번은
성한 몸뚱이
온전히 절단 당하는
그야말로 치명적인 상처를 입어야만 해

그래야만 상처 입은 몸
미련 없이 푹 썩히어
새싹을 틔우고 새 줄기를 내리고
끝내는 새 감자알을 키워 나가는

감자밭 이랑에

비로소 묻힐 수 있는 거야

정세훈 1955년 충남 홍성 출생. 1989년 『노동문학』과 『노동해방문학』
에 작품을 발표하며 문단에 나왔다. 시집 『맑은 하늘을 보면』, 『부평 4
공단 여공』 등이 있다.

횡액

조성국

그렇게밖에 별다른 방법이 없었겠다
느닷없이 의병 제대한 형의 병색이 완연해지자
그걸 생약처럼 집 안팎에 골고루 심을 수밖에
없었겠다 아버지는
왜자하던 종갓집 제사도 작파해 버리고
귀신도 기겁해 피해간다는 그 나무를 심고부터
도화양반이란 택호를 얻기도 했지만
언젠가 분수대가 보이는 남쪽의 도청소재지에서처
럼
목이 터져라 군가를 부르며 잔뜩 군기라도 잡힌 듯
살기등등하게 총검술 자세를 취하던 형이
다소곳이 얌전해진 것도 그때부터랄 수 있었다
귀신 씌었다 할 뿐 밤새껏
신칼을 휘두르는 군웅복식의 당골네조차
도무지 알 수 없는 병색에 핏방울같이
선명한 이 나무의 꽃을 꺾어 등짝을 후려칠 수밖에
없었겠다 아버지처럼 내가

할 수 있는 건 이 꽃을 무척 좋아하는 것

이것 말고는 별 수 없던 시절에 그놈의 귀신도 데
려가고,

형의 상관인 전직대통령을 체포하러 갔다가 감옥
살던

내 징역의 독도 짊어지고 간다고

쥐약을 먹었다 서른 해나 넘게 도진 병색을

형은 비로소 무찔러 버린 것이다

조성국 광주 출생. 1990년 『창작과비평』으로 등단. 시집 『슬그머니』
등이 있다.

자유를 주제로 한 단상

조진태

1

하늘을 나는 새가 자유로웠다고 말한 시인의 말은 수정되어야 한다고 자유를 노래한 시인이 있었다 자유에는 고독과 피가 배어 있어야 한다고 하늘을 비상해 본 사람만이 알 수 있다고 노래한 시인이.

만인을 위해 투쟁할 때 자유라고 견결하고 호소한 시인 또한 있었다 치열하고도 투철하게 자신을 헌신함으로써 자유를 말할 수 있다고 단언하였다 몸소 실천하였다 생의 열정을 한순간에 발산해 버렸다 한 시인은.

푸른 하늘을 향해 어제도 오늘도
그리고 내일, 미래의 그 어느 날도 새는 날 것이지만
자유로울 것이지만
인간을 짓누르는 신성불가침 같은 무언가가 존재

하는 까닭에

그래서 입바른 자들은 자신만의 식탁으로 돌아가 버린 뒤이지만

아직은

예언자인 시인의 영혼을 노골적으로 구금하는 성장 숭배자들이

과거의 망령을 불러일으켜 내몰아 가고 있는 까닭에

헌신과 투쟁과 고독과 피의 냄새가

푸른 하늘을 비상하는 자유를 누려야 하겠지만.

2

모두가 떠나 버린 광장에서 직립 보행하는 기분을 아는가

잘 차려진 저녁 식탁 주변에 서성거리며

한 시절의 추억과 건배하는 술맛을 느끼는가

자유는

이제 다른 방식으로 노래되어야 한다는 것을

동의하는가

시인이여

조진태 광주 출생. 1984년 시 무크 『민중시』 1집에 시를 발표하면서
활동 시작. 시집 『다시 새벽길』, 『희망은 왔다』 등이 있다.

송진

조혜영

산길을 걷는데
잘린 소나무 가지 무성하다
부러지고 고꾸라지고 널브러지고

잘린 자리에 눈물이 흐르다 맺혔다
잘린 자리에 피가 흐르다 굳었다
피눈물이 나무 기둥 사이로 흐르다 멈춘 자리
그곳에 분노가 있다

누군가에 의해 잘린 팔 다리 목들이
인간의 땅에 널브러져 있다
철탑 위 닫힌 공장 굴뚝 위에

잘린 상처는 쉬 낫지 않는다
비바람과 함께 모난 세월을 견딜 뿐
다만 딱딱하고 매운 송진 덩어리를 키운다
사람들 가슴속에 옹이 박혀

폭발할 듯 폭발할 듯 맵다

송진에서는 분노의 냄새가 난다
이쯤 되면
누군가 서둘러 불씨를 당겨야 한다

조혜영 1965년 충남 태안 출생. 2000년 제9회 전태일문학상 수상. 시집 『검지에 핀 꽃』, 『봄에 덧나다』가 있다.

그 옛날 기차

최기종

남광주역 공원에
그 옛날의 기차가
여기저기 녹슬고 헤진 것이
길게 엎드려 있다.

나도 한때는
꿈꾸는 마부였다.
동으로 서으로 남으로
도라산도 가고 사평리도 가고 하슬아도 가고
신의주도 백두산도 목단강도 가면서
언덕 너머 별빛을 꿈꿨다

나도 한때는
그리운 노래였다.
강바람도 솔바람도 태우고
코스모스도 옥수수도 태우고
어중이떠중이도 태우고

들길을 내달리던 노래였다.

그 옛날의 기차가
아직도 달리고 싶다고
꽃단장하고
밥집이 되어서 찻집이 되어서
전시관이 되고 공연장이 되어서
그 옛날의 승객을 기다린다.

기차는 예나 지금이나
누군가를 기다리라고 있는 것이다.
한때는 들도 산도 강도 달리고
한때는 누군가의 그리운 노래가 되었던
바로 내가
그 옛날의 기차였으니

최기종 1956년 전북 부안 출생. 포엠만경 동인. 시집으로 『나무 위의 여자』, 『만다라화』, 『어머니 나라』, 『나쁜 사과』가 있다.

사상의 거처*

최상해

창 너머 담장 밖엔 햇살이 지천입니다
구석구석 퍼져 가는 천 개 만 개의 저 햇살에게
내 사상의 거처를 묻습니다

조국의 평온한 햇살과 바람으로부터
유배당한 몸이 되었지만
한 번도 황토빛 대지大地와 구릿빛 대중大衆을
내 사상의 거처로 삼았던 것을 후회한 적 없습니다

삼월의 끝 야산을 뒤덮은 눈의 소멸을 생각합니다
저 쓸쓸함의 적절한 온도는 몇 도일까요
갈 길 몰라 네거리에서 방황했던 그 순간의 온도일
까요
고개 숙인 깃발 앞에서 걸어온 아득함을 헤아려 봅
니다

꼭 나아갈 길만 안갯속 같지 않다는 것을

지나온 길 되돌아보면서 알게 됩니다

어제와 다른 햇살과 신선한 바람이
저 어린 꽃무지 속으로 소리 없이 스며들어 빛나기
를
자유를 갈망하였으나 언제나 자연스럽지 못했던
내 사상의 거처를 생각합니다

* '사상의 거처'는 1991년 창작과 비평사에서 간행된 김남주 시인의 시
집 제목이다.

최상해 강원 강릉 출생. 2007년 『사람의문학』으로 작품 활동 시작.

혁명은 없다

표성배

혁명은 지나친 불평등에서 싹이 튼다고 한다.
20대 80사회를 넘어 1대 99의 사회에서는
이미 혁명이 무르익고 있는지 모른다. 그러나,
자본주의 사회에서 더 이상 혁명은 없다.
보수주의자 비스마르크가 근로기준법과
산업재해보험을 창안한 것은 노동자를 위한 정책
이 아니다.
혁명의 싹을 자르기 위한 고육책苦肉策이었다.
작은 부자들은 어리석지만 큰 부자들은 현명하다.
99.9%의 가난한 사람들이 무엇을 생각하는지
알고 있기 때문이다. 그들은,
돈이 들어가지 않는 애국이라는 말을 주입시켰으
며
가난한 사람과 부자가 아니라 지역을 나누고,
출생을 따지고, 정규직과 비정규직으로 담을 쌓아
혁명의 싹이 자라지 못하는 황무지를 만들었다.
가난한 이들이 오직 먹고 사는 일에만 몰두하도록

잉태될 때부터 DNA를 조작하는 데 돈을 쓰고 있다.

이제 혁명은 없다. 정부로부터 받는 양육비가
노령연금이 내가 낸 세금이라는 것을
내가 낸 세금으로 생색을 내는 정부를
큰돈을 버는 부자들을 부러워 할 뿐
경멸하지 않는 한 혁명은 없다.

표성배 경남 의령 출생. 1995년 제6회 마창노련문학상으로 작품 활동 시작. 시집 『아침 햇살이 그립다』, 『공장은 안녕하다』, 『기계라도 따뜻 하게』 등이 있다.

'엄마' 라는 말

허 림

작은 남이섬 물가 자갈밭을 서성일 때였다
물새 한 마리가 날아오더니
날개 죽지 늘어뜨리고
절 뚝 거렸다

말로만 듣던
별짓

악을 쓰는
저 새처럼

절체절명의 어린 목숨 앞에서
엄만
미친다

허 림 강원도 홍천 출생. 『심상』으로 등단. 시집 『노을강에서 재즈를 듣다』 등이 있다. 문예진흥기금, 복권기금을 받았다.

광장이 공원으로 바뀌어도

허은실

흩어지면 죽는다 흔들려도 우린 죽는다 흘러간 노래
가 공원의 나무들을 흔들어도 농부의 아들 계산원의
딸들 각자의 저녁에 골몰하며 흩어진다 흩 어 진 다

광장이 공원으로 바뀌어도
우리의 구호는 바뀌지 않았으므로
이어폰으로 귀를 막은
타워페니스들은
개를 모시고 걷는다

구호 소리 높아도
우리에겐 홈스위트홈이 있어
올림픽대로 강변북로를 두른
붉은 띠의 질긴 연대
오오 함께 가자 우리 이 길을

공원이 아직 광장일 때 광장은 염천보다 뜨거웠다.

나는 그때 UR반대 구호를 수줍게 외치던 농부의 딸.
광장이 공원으로 바뀌었으므로 색깔과 향기를 과장
하는 꽃이 되었다. 화단의 꽃들은 뿌리내릴 새도 없
이 분갈이를 당했다.

　꽃들의 연대란
　그들의 적대 앞에
　얼마나 무력한가

　광장이 공원으로 바뀌어
　분수대는 눈부시게 물을 뿜어 대고
　살찐 비둘기들 더욱 살찌게 하고
　광장이 공원으로 바뀌어도 그러나
　메트로놈의 바늘은 부러지지 않고
　광장의 태극기는
　나른하게 펄럭이고

허은실 2010년 『실천문학』 신인상으로 등단.

봉기

황규관

엎어서 위아래의 위치를 바꾸자는 게 아니다
엎어서 평평하게 하자는 것도 아니다
엎고, 그냥 아무 일 없다는 듯
떠나자는 것이다
함께 앓으며 별자리를 만들자는 것이다
폐허 위에서, 입맞춤의
울림이 늑골 사이에 가득 피게 하자는 것이다
벌레의 몸이 된 나뭇잎을
뛰는 심장처럼 물들이자는 것이다
엎은 다음에 차지하지 말고
엎어서 나눠 갖지도 말고
엎고 엎어서, 엎고 엎은 다음에
대지가 되자는 것이다
엎고 엎고 계속 엎자는 말이다
우리를 옭아매는 굴종을
무기력과 좌절을
엎다가 죽자는 것이다

그래서 분노도 사랑도 태양도

잠시 빌려 쓰고 제자리에 돌려놓자는 것이다

엎어서 바람을 뿌리자는 말이다

엎어서 꽃이 피게 하자는 말이다

내일도 없이,

오늘 엎자는 것이다–

황규관 1968년 전북 전주 출생. 1993년에 전태일문학상을 수상하며 작품 활동을 시작. 시집 『철산동 우체국』, 『물은 제 길을 간다』, 『패배는 나의 힘』이 있다.

'김남주'라는 슬픈 거울에 대하여

김형수 시인

0

내게 김남주라는 이름처럼 통렬한 거울은 없다. 그것
은 늘, 그전의 모든 것이 무의미 속으로 사라진 자리에
서 철없이, 또다시 사회운동의 열정을 지피며 타올랐던
자아에 대해 돌아보게 한다.

1

생각난다. 그때는 김남주 시인의 첫 귀향길이었다. 맥
락은 잊었지만 나는 거기에 평론가로 동참했다. 주제는
한길사(?)가 조직한 '문학기행'이요, 참가자는 두루 강
남에서 온 사모님들 쪽인지라 더러「그대 있음에」를 쓴
김남조 시인과 혼동하는 질문들이 튀어나오곤 했다. 그
에 대해 주최 측도 시인도 전혀 서운해 할 계제가 아니
었다. 오히려 금기된 영상 자료를 내놓아 민폐를 끼친
사실을 미안해할 판이어서, 누군가 경계심을 줄여 보려

고 반가班家와 민가民家의 차이를 설명했던 기억이 난다.

이상한 여행이었다. 버스가 해남에 이르러도 긴장들이 쉬 풀어지지 않았다. 더구나 시인이 태어난 동네는 궁핍한 표시가 너무 뚜렷해서 손님들을 들여놓기가 여간 옹색하지 않았다. 특히 신작로에서 생가 마을로 기어가는 길이 얼마나 비좁았는지, 버스가 전진과 후진을 몇번씩 하느라 시간을 까먹어서 체면상 시인도 길에 얽힌일화들을 늘어놓지 않을 수 없었다. 그 담백한 어투를 듣고 나면 김남주의 작품세계에 대한 이해가 큰 폭으로 수정된다는 사실도 여기서 귀띔해 두는 게 좋겠다.

학창 시절에 이미 청운의 기대를 모았을 김남주가 장정이 될수록 빈털터리가 되어서 귀향을 반복하는 대목은 마치 한 편의 영화 같았다. 늘 백수였으므로 고향을 찾는 것이 고통스러웠다고 한다. 집에 가는 버스를 탈때도 행여 동네 사람들의 눈에라도 띌까 봐 애써 어두운 시간만을 골라 차에 올랐다. 시에 썼던 대로 '달도 부끄러워' 도둑처럼 몰래 숨어드는 마음이 얼마나 힘들었는지, 술회하는 내내 말을 끊어가며 천천히 뒤를 잇고는 했다. 그 사이사이에 한숨 소리가 끼어들지는 않았지만 다들 여백에 가득 찬 것이 무엇인지 몰랐을 리 없다.

"저게 저래 보여도 고된 몸으로 넘기에는 좀 팍팍한 언덕이어요. 한 번은 희미한 밤길을 더듬어 가는데 저

언덕바지에 리어카 한 대가 짐을 가득 싣고 비칠거리는 게 보입디다. 볼 것도 없이 동네 어르신일 거라 조용히 가서 꽁무니를 밀었어요. 한참을 끙끙대다 평지에 닿자, 뒤에 고맙소, 하는 소리가 들려요. 내가 인사를 드리려고 저 남준디라우, 하는 순간, 대뜸 멱살을 잡아요. 너 잘 만났다, 이러는데, 아버지였어라우.”

나는 개체의 영혼에 파문을 남기는 체험이 한 존재를 어떻게 비애에 빠트리는지를 김남주만큼 탁월하게 포착하는 예를 알지 못한다. 누구에게나 운명적인 시간들이 있는 법, 그것은 모두에게 있으면서도 누구나 이해 받지 못한다. 아무에게도 이해 받지 못하는 상처는 존재를 얼마나 위태롭게 하는가. 나는 이것이 결코 외롭고 싶지 않은 모든 생명의 항구적 실존적 갈망의 ‘민낯’이라고 본다. 그는 민중의 한이 어떻게 슬픔의 유전자로 전이되는지, 그것이 얼마나 위대한 미래를 낳는지를 인문학적으로 증명하는 현재진행형 혁명가의 표상이었다. 시의 대상이 가족일지라도 전혀 예외를 두지 않았다.

그래 그런 사람이었다 나의 아버지는
공책이란 공책은 다 찢어 담배말이종이로 태워버렸다
내가 학교에서 상장을 타오면

"아따 그놈의 종이때기 하나 빳빳해서 좋다"면서

씨앗봉지를 만들어 횃대에다 매달아놓았다

이렇게 '아버지'를 회상하는 명편의 시에 자신의 숨

소리가 낱낱이 새겨져 있다.

그는 내가 커서 어서 어서 커서

사람이 되어주기를 바랐다

농사꾼은 그에게 사람이 아니었다

뺑돌이의자에 앉아 펜대만 까딱까딱하고도

먹을 것 걱정 안하고 사는 그런 사람이 되어주기를 바

랐다

그날은, 자식이 면서기만 되었어도 애비가 그토록 무

시당하지 않았을 거라고, 똑같이 농사를 짓고도 혼자만

'등외'를 먹었다고 울화를 터뜨리는 바람에 둘이 부둥

켜안고 울기까지 했다. 그리고 밤새 뒤척이다 새벽이

되자 곧장 버스에 올랐다. 그것이 마지막이었단다.

이때 시인이 내린 결단의 내용물이 '황산벌로 향하던

계백'에 비견된다는 말도 부연해 두어야 옳을 것이다.

사실, 동시대인들의 집단적 기억에 각인되어 있는 김남

주 이미지는 언제나 그가 집을 떠난 후에 감행한 '신화

적 전투'의 파편들뿐이다. 그날에야 비로소 계백에게
도 있었을 아버지와 어머니의 얼굴이 잠깐 모습을 드러
냈으니, 다음과 같은 구절들이 더욱 아프게 닿았다.

그는 죽었다 화병으로
내가 자본과 권력의 모가지에 칼을 들이대고
경찰에 쫓기는 몸이 되었을 때
식구들에게 둘러싸여 마지막 숨을 거두면서
그는 손을 더듬거리고 나를 찾았다 한다

그 울컥한 회고담을 강남 사모님들의 계급감정도 가
로막지 못했다. 밤에 시인의 이야기를 듣던 아주머니
한 분이,

"선생님 말대로라면 나는 자본가 아내인데, 그럼 우
리 남편이 죽어야겠네요?"

이런 난감한 상황이 펼쳐질 때 주로 김남주의 진면목
이 나온다.

"나도 그것이 괴로운디 어쩔 수가 없어라우. 자본가
없는 세상을 만들어야 사람이 숨을 쉬고 살 수 있다니
까."

2

'역사'는 흘러 '문화'가 된다. 그날 밤 화제의 중심이었던 '민중'이라는 낱말은 어느덧 사어死語에 가깝게 되고 말았다. 그것이 살던 터전도 쓸모없는 텃밭처럼 폐기된 지 오래이니, 한편으로는 그 시절에 듣던 노래꾼의 음성 또한 집단의 기억에서 점점 잊히는 것이 당연하다. 다들 그렇게 생각한다. 그것이 보통의 상식이다. 하지만 또 다른 한편으로는 그것이 어떻게 당연할 수 있단 말인가? 그런 터무니없는 인식을 무너뜨리는 시 「나와 함께 모든 노래가 사라진다면」 역시 김남주의 것이다.

내가 늘 찾은 별은

혹 그 언제인가

먼 은하계에서 영영 사라져

더는 누구도 찾지 않을 수 있다

그러나 그 별 하나가 없어지더라도 밤하늘에서는 언제나 또 다른 별들이 속삭이고 있을 수밖에 없다. 세상은 나 혼자의 것이 아니라는 얘기다. 그래서 그는 노래한다.

나와 함께 모든 별이 꺼지고

모든 노래가 사라진다면

내가 어찌 마지막으로

눈을 감는가

　시인이 간파했듯이, 지상의 역사에도 신화처럼 오래 남는 것이 있고 푸념처럼 수시로 소멸되는 것이 있다. 수많은 개인들이 죽더라도 각자의 의지와는 별개로 지상에는 여전히 72억 개의 현실이 눈을 형형하게 뜬 '동사動詞'로 존재할 것이다. 물론 오늘의 한국인들은 그러한 사실을 믿고 싶지 않을지도 모른다.

　생각해 보면 이해가 되지 않는 것은 아니다. 문명이 발전할수록 인간은 스스로 고립감 속에 놓인다. 정보통신 기술의 발달에 의해 정치와 경제, 사상과 문화에 이르기까지 온 인류가 국경을 초월해서 한 덩어리가 되면 모두가 첨단 기술과 커뮤니케이션으로 촘촘하게 연결되는 것처럼 보이지만, 사실은 그렇지 않다. 자기 속에 자기를 중심으로 모든 것을 재단하는 자아가 있다면 타자 속에도 동일한 자아가 있다. 그리하여 모든 존재가 독립되면 사회는 종잡을 수 없는 '자아들만의 무리'가 된다. 그리고 각각의 자아가 제멋대로 세계상을 그리면서 자기와 타자의 공존을 성립할 수 없게 한다. 그럼 어떻게 해야 서로 연결되는 '회로'를 되살릴 수 있을까? 거기에 필요한 모럴과 태도는 무엇일까? 바로 여기에 김남주가 절대화하고 있는 '연민'의 가치가 있다. 연민을 잃으면 세계도 잃는다. 이것이 김남주로 하여금 시를 쓰면 쓸수록 뜨거운 투사로 만들었다.

3

올해가 20주년이면 그때 내 나이는 서른여섯이 된다. 그 나이의 나를 오늘의 나로 만들어 온 것은 내가 태어나서 가장 근거리까지 다가서 본 혁명시인 김남주에 내장된 슬픔의 감정들일 것이다. 그것을 이해하지 못했다면 나는 내내 젊기만 하다 나중에 헛늙고 말았을 게 틀림없다. 그만큼 나는 애오라지 1980년의 청년이었고, "대지의 나무들이 선 채로 죽어 있는 것 같은" 또 "100년이 한순간에 흘러가 버린 것 같은" 납득 불가능한 세계, 해명 불가능한 세계와 씨름하고 있었다. 『도덕적인 인간 부도덕한 사회』 같은 책을 단지 제목 때문에 읽은 것만도 얼마나 되는지 모른다. 더욱 곤혹스런 것은 내가 처한 현실이었다. 분단, 자본주의의 아수라, 냉전체제라 불리던 제국주의적 각축⋯ 이것들이 쉼 없이 개인의 운명을 파괴해 올 때, 이것을 해결할 길이 없는 곳에서의 삶이란 무엇일 수 있을까? 나는 불가피하게 혁명적 열정에 감염되어야 했으니 김남주 신화는 내게 고스란히 그곳에서 얻은 상처를 드러내고 치유하는 일에 사용되었다.

그래서 그 이름은 늘 채찍 같다. 그러면서도 안타까운 것은 내 기억 속에서도 나날이 멀어져 가고 있다는 사실이고, 또한 그러다 보면 정작 소멸되어 가는 것이 단지 '누군가' 가 아니라 바로 나 자신의 본체였음을 깨닫게 된다는 사실이다. 왜냐하면 그것을 잃음으로써 나 자신의 온전함이 사라져 가는 걸 느끼기 때문이다. 아마 우리 시대의 수많은 사람들에게 그랬을 것이다. 어쩌면 6월 항쟁 때 시청 앞 광장에 모인 100만의 인파 중 단 한 명의 예외도 없이 그러했을지 모른다. 예컨대 그에 대한 기억은 한 인간의 것이 아니라 이미 세상의 것이 된 셈이다. 나는 이 추모시집을 기획하는 정신이 여기에 있었을 것이라 생각한다.

지금의 인류야말로 오랜 '전쟁경험' 을 돌아볼 것을 요청받고 있다. 마을이 '마을' 일 수 없으며 '이웃' 이 더 이상 이웃일 수 없는 '환멸' 또한 여전하다. 현실을 인정할 수도 없고 인정하지 않을 수도 없을 때 '혐오' 라는 감정이 발생된다. 이 책에 수록된 헌정 시들은 모두 그러한 문제의식들로 가득하다. 성찰의 능력이 없는 사회, 자기반성의 내성을 전혀 기르지 못한 사회가 그러나 너무나 많은 가치관의 변화를 겪다 보니 불의한 정부가 저지르는 범죄들을 도대체 감당하지 못한다. 저 가공할 SNS의 발달로 주워듣는 정보는 많으나 집단적 연민의 공동체를 만들어 내지 못하니 불법이 눈앞에서 펼쳐져도 이를 응징할 길을 찾지 못하는 것이다. 그로부터 야기되는 문제들에 대해 다들 김남주처럼 통렬하다. 그래서 이 시들을 보면 김남주에 대한 기억이 후배들의 가슴속에서 어떻게 변주되는지, 후배들에게서 김남주라는 거울은 어떻게 사용되는지 다양한 추모의 방식을 알 수 있다.

가장 주목되는 주제는 세월호 문제인데, 여기 모인 시들에 의하면, 우리가 세월호의 참사로부터 얻었어야 하는 커다란 교훈은, 싸우지 않고는 결코 인간의 존엄함을 지킬 수 없다는 사실이다. 그 때문에 다들 마지막 편지를 쓰듯이 격앙되어 있다. 나는 거기에 언젠가 오에 겐자부로가 했던 말을 붙이고 싶다.

만일 내가 현재의 이 광기에서 살아남는 데 성공한다면, 내가 완성하게 될 그 책은 단테의 「지옥」 편의 마지막 구절을 인용하는 것으로 시작할 것입니다 : 그리고 나서, 우리는 별들을 다시 보기 위해 밖으로 나갈 것이다.